AF329217

Y. 4860.) piéce

# EPITAPHE
## DV PETIT CHIEN
### LYCO-PHAGOS,

PAR

Courtault son Conculinaire &
successeur en charge d'office,
à toutes les legions des chiens
Academiques.

Par VINCENT DENYS
Perigordien.

*Arriere pleureux Heraclite,*
*Nous ne pleurons pas comme vous;*
*Nos pleurs sont ris de Democrite,*
*Car pleurer, c'est rire chez nous.*

A PARIS,

Chez IEAN LIBERT, demeurant
ruë S. Iean de Latran.

1613.

# LE LIVRE AV LECTEVR.

*Les Censeurs qui seront marris*
*De nostre ioye & de nos ris,*
*Et qui ne daigneront me lire,*
*Ne sont pas hommes de raison :*
*Car par tout, en toute saison,*
*Le propre de l'homme est de rire.*

**In tenui labor, at tenuis non gloria.**

*La peine est en chose petite,*
*Mais l'honneur d'assez grand merite.*

# Aduertiſſement & ſalut

## AV LECTEVR.

My Lecteur, l'aſſoupiſſement lethargique qui auoit ſaiſi les hypocondres de Courtault, & ſemblolt rendre preſque incxplicable la douleur qu'il auoit conceuë ſur la mort de Lyco-phagos ſon Conculinaire, ayant à la par-fin ouuert les catadoupes de ſon cerueau, & donné paſſage à toutes les Cataractes de ſes yeux, luy a faict deſbonder vn cataclyſme de larmes ſur le funeſte reliquat de ſa deſolation. C'eſt pourquoy il ne ſe faut pas eſtonner ſi ſes periodes ne ſont triees, comme l'on dict, ſur le volet; ſi ſes pointes ſont groſſierement ſurjettées, le paſſe-poil de ſa ſubtilité vilageoiſement appliqué, ſes diſpoſitions mal-flanquees, ſes epiphonemes entrecouppez, ſes inuentions decouſuës, & la tiſſure de ſon ſtyle ineptement cadancee; car l'eſtourdiſſement d'vn coup tant inopiné luy a faict perdre ſa Tramontane : ſi que pour des antonomaſics d'eloquence, il n'a peu rien produire que des pleonaſmes de regrets, metatheſes de confuſion & hyperbates de triſteſſe, ainſi que le diſcours ſuiuant te l'aprendra, ſi tu daignes y adiouſter le iugement de ton Optique, & ouurir les reſſorts de ton oreille. Adieu.

# EPITAPHE

## DV CHIEN DV GASCON,
### ſur la mort de Lycophagos.

Helas! qu'eſt deuenu mon maiſtre?
Eſt-il vray que Lyco-phagos
Soit attrapé par Atropos,
Ou qu'elle l'aye occis en traiſtre?
Ie croy que cela ne peut eſtre,
Ains penſe que pour ſon repos,
Ou pour compliment de ſon los
Au ciel les Dieux l'ont voulu mettre.
Ne craignez plus, ô moiſſonneurs,
Les inſuportables chaleurs
Dont voſtre ſein en Eſté buſle,
Mange-loup au ciel tranſporté
Moderant les chaleurs d'Eſté
Doit temperer la canicule.

## Complaincte de Courtault sur la mort de Lyco-phagos, Rotisseur du College de Reims, son Conculinaire.

*Cy gist soubs ceste motte verte,*
 *Le dos au vent, le ventre à l'erte,*
 *Mon collegue Lyco-phagos,*
*Que la mort a troussé en crouppe*
*Pour auoir trop mangé de souppe*
*Et trop aualle de gigos.*
*Lyco-phagos la pauure beste,*
 *Qui faisoit sa petite queste*
 *Dedans le College de Reims ;*
 *Pour renforcer, chose equitable,*
 *Du seul reliquat de la table*
 *Ses muscles, ses nerfs, & ses reins.*
*Lyco-phagos autant habile*
 *Que chien qui fust en ceste ville*
 *A chasser aux rats & souris.*
 *Lyco-phagos par priuilege*
 *Roy des animaux du College,*
 *Et Doyen des chiens de Paris,*
*Lyco-phagos galland & leste :*
 *Lyco-phagos graue & modeste*

Autant qu'on sçauroit souhaitter;
Soit qu'il tint à mon maistre escorte,
Soit qu'il conduisist à la porte
Ceux qui le venoient visiter.
Lyco-phagos, qui souloit estre
Le contentement de mon maistre.
Lyco-phagos sage & discret,
Lors que d'vne mine friande
Pour mieux attraper la viande
Il luy descouuroit son secret,
Ou quand pour plaire à tout le monde
Il faisoit à table la ronde
Comme vn maistre de regiment,
Puis d'vne trogne politique
Mettoit sa science en pratique
Pour soigner à son aliment.
Que si mon maistre en compagnie
N'auoit pas de soin de sa vie
Discretement il le frappoit,
Et de sa patte le bon drolle
Sçauoit si bien iouer son rolle
Que quelque chose il attrapoit.
Non qu'il ait faict par impudence
A table quelque irreuerence:
Mais c'est qu'il charmoit tellement
Ceux qu'il regrattoit par derriere,
Qu'il falloit en quelque maniere
Recognoistre son gratement.

S Qui n'admireroit son adresse,
  Son artifice & sa finesse?
  Quand mon maistre vouloit sortir,
  Soit tout seul, soit en compagnie,
  Il couroit à la galerie
  Iusqu'à tant qu'il falloit partir.
Là tousiours il l'alloit attendre
  A l'instant qu'il luy voyoit prendre
  Sa grande robbe ou son manteau,
  Et sembloit né pour tousiours suiure
  Celuy qui luy donnoit à viure,
  Tant par terre que par batteau.
Or suiuant mon maistre à la ville
  D'vne façon plus que ciuile,
  Vous eußiez dit d'vn estaphier
  Ou d'vn chien de sommellerie,
  Nourry tout le long de sa vie
  Dans la cuisine de Coüeffier.
Chien d'admirable preuoyance,
  Autant que chien qui fut en France:
  Voire plus qu'on ne peut penser;
  Lors qu'au milieu de quatre ruës
  Il choisissoit les aduenuës
  Où son maistre deuoit passer.
En ville il alloit à gambette,
  Aux champs il sautoit sur l'herbette
  Pour les taupes escarmoucher:
  Et puis leur denonçant la guerre,

Il fouilloit si profond la terre,
Qu'il sembloit y vouloir coucher.
Il eut jadis pour son manege
La cuisine de ce College,
Où dans vne roue de bois
Tantost à bons, puis à courbette
On a veu ceste pauure be[ste]
Comme moy, tourner mille fois.
Ores proche de la marmite
Faisant la bonne chatemite,
Sur la viande il meditoit,
Puis soignant à son aduantage,
Il suiuoit de pres le potage
Quand le seruiteur le portoit.
Ores de sa petite patte
Grattant, & regrattant la natte,
Quand il fleuroit la venaison
Il monstroit par experience
Les beaux effets de sa science
Par tous les coings de la maison.

*Lapin de Mr. de Na-uieres.

Quelle ioye à toy, * Trois oreilles,
D'ouyr les douleurs nompareilles
Que ie resens de ceste mort?
Desormais repose à ton aise
Entre le tison & la braise
Puis que Lyco-phagos est mort.
Lyco-phagos ton aduersaire
Ne te sçauroit aucun mal-faire

Comme

Comme il faiſoit aupararant,
Lors que ſautant ſur ta croupiere
Il t'attaquoit par le derriere,
Ou t'aſſailloit ſur le deuant.
O qu'il ſeroit plus deſirable
Que la mort euſt froiſſé ton rable,
Ou que la cruelle Atropos
T'euſt occis pour te mettre en paſte,
Que d'auoir eſté tant ingratte
A mon pauure Lyco-phagos!
Lyco-phagos chien de police,
Chien expert en toute milice,
Chien exempt de tout larrecin,
Qui ne fiſt aucune entrepriſe,
Sinon ſur quelque patte griſe
Ou ſur le pied d'vn Medecin.
Encor c'eſtoit par aduenture,
Lors que ſa peſante nature
Le rendoit vn peu moins courtois :
Faute legere & pardonnable!
» Car l'homme, qui eſt raiſonnable,
» Se courrouce bien quelquefois.
Toutefois pour eſtre ſeuere
Il en porta la folle-enchere;
Cruauté contre vn pauure chien!
Lors que d'vne vieille rapiere
On luy donna dans la viſiere,
Croyant qu'il n'y verroit plus rien.

B

Hé! quand ie vis par malencontre
  Le desastre de ce rencontre
  Où Lyco phagos fut blessé;
  C'est, dy-ie, a l'instant vn augure,
  Qui presage sa mort future
  Deuant qu'Octobre soit passé.
Ce malheur me rendit Prophete:
  Car suiuant mon maistre vne feste
  Alors qu'il alloit au festin,
  Il receut son dernier supplice
  Chez le Curé de sainct Sulpice
  Par vn inopiné destin.
Qui le croira! par ialousie
  Lyco-phagos qui en sa vie
  Eut le cœur noblement placé,
  Mist tant de potage en son ventre
  Et farcit tellement son centre
  Que la mort la mis in pace.
Mort cruelle & insuportable
  De l'auoir surpris à la table
  Pour l'estrangler sur la minuit!
  Mort impitoyable & farouche!
  Ainsi faut-il que ie t'abbouche
  Tant ceste trahison me nuit.
Tu fais voir par ce Canicide
  Que tu es bien traistre & perfide,
  Sans reuerence, & sans amour,
  Quand par des actions funebres

*Ton delict cherche les tenebres,*
*Fuyant la lumiere du iour.*
*Tu le prens à minuict en traistre,*
*Couché soubs le lict de mon maistre,*
*Luy liurant les derniers assauts :*
*Il tesmoigne ta perfidie*
*Au milieu de sa maladie*
*Par mille bons & mille sauts.*
*Il monte, remonte & deualle,*
*Vient & reuient parmy la Sale*
*Pour chercher quelque allegement,*
*Et lors que le mal le trauaille*
*Ne pouuant vuider sa tripaille*
*Il meurt saoul comme vn Alemand.*
*Helas, qu'elle perte & dommage !*
*Pour auoir mangé du potage*
*Faut-il que Mange-loup soit mort ?*
*Mange-loup mon Conculinaire,*
*Mon contentement ordinaire,*
*Mon passe-temps & reconfort ?*
*Mange-loup Chien Academiste,*
*Chien assez sçauant Alchimiste :*
*Soit qu'il soufflast pres du brasier*
*Le nez plat comme vne punaise,*
*Ou reniflast contre la braise,*
*Le ventre enflé comme vn cuuier.*
*Pauure Courtault, toute esperance*
*Est morte pour toy dans la France !*

B ij

Puis, helas! que Lyco-phagos
Autheur de ta bonne aduenture
Sert fatalement de pasture
Aux Taupes, & aux Escargôs.
Tu succedes à son office,
Mais c'est vn petit benefice
Au prix du mal que tu ressens,
Ayant perdu ( regret extresme! )
La vraye Image de toy-mesme,
Et l'vnique objet de tes sens.
Encor si la sœur Filandiere
L'eust rauy d'vne autre maniere,
On supporteroit sa rigueur :
Mais, ô creue-cœur! quand ie pense
Quelle l'a trahy par la panse,
Cela me faict fendre le cœur.
Falloit-il que sur ta vieillesse
Ceste maudite piperesse
Mange-loup triompha de toy ?
Mange loup pour ta reuerence,
Digne de quelque recompense
Au coing de la table du Roy.
Lyco-phagos, ie te proteste,
Que pour vn acte si funeste
I'abboyeray incessamment
Iusqu'à tant que le Chien Cerbere
Punisse la Parque seuere
Qui t'a trompé si laschement.

Que si mon deüil ne le conuie
	A venger l'honneur de ta vie,
	Pour lors iustement irrité,
	Ie mettray en fougue & colere
	A lencontre de ce Faux-frere
	Les chiens de l'Vniuersité.
I'en feray moy-mesme iustice,
	Et sans crainte d'aucun supplice
	Ie descendray dans Phlegeton
	Ou pres de l'infernale forge,
	Ie l'estrangleray par la gorge
	A la presence de Pluton.
Mes discours ne sont point sornettes,
	Car ie porte au col des sonettes
	Pour faire entendre ma douleur,
	Et publie, faisant ma ronde
	Par tous les carrefours du monde
	Les effects d'vn si grand malheur.
C'est donc à toy race Canine
	Que mon Coriual de cuisine
	A recours pour estre vangé.
	A toy maintenant ie desdie
	Les sanglots de ceste Elegie,
	Pour estre en mes pleurs soulagé.
Et fuyant toute ingratitude
	En qualité de chien d'estude
	I'ay ces carmes elabouré,
	Ou tu verras la galantise,

E iij

Les mœurs, la mort, la mignardise
De mon Camerade enterré.
Adieu te dis mon Camerade,
 I'ay peur de deuenir malade
 En pleurant ton enterrement.
 Adieu mon compagnon d'eschole,
 Que pour le dernier coup i'acole
 Le dehors de ton monument.
Et si les chiens ont souuenance
 De ceux qui ont leur ressemblance,
 Ie te coniure viuement
 D'auoir Courtault en ton Idee ;
 Car ie suis l'Image empruntee
 De ton naturel ornement.
Que si la sterile nature
 Ma formé d'vne autre figure
 Que tu n'estois, Lyco-phagos,
 Pour le moins i'ay le mesme office,
 Et seruant en mesme police,
 Porte vn mesme faix sur mon dos.
Et qui pis est, cas lamentable !
 Pour me rendre à toy plus semblable,
 Bien que ce fust contre mon gré,
 A cause de mes demerites,
 Me rendant leger de deux pites,
 Apres ta mort on ma hongré.
Ie suis Courtault à toute outrance,
 Si Courtault iamais fut en France

Mais ce qui me met en courroux,
C'eſt que ma nature infertile
Faict qu'on me prent ſouuent en ville
Pour vn chien de Toupinamboux.
Mange-loup donc ie te coniure
Par les ſupplices que i'endure,
De te ſouuenir de mes maux,
Croyant que ſi cela peut eſtre,
Ie me doy dire ſous mon maiſtre
Le plus heureux des animaux.
Ie coniure auſſi ta puiſſance
De faire aux ſeruiteurs deffence
De iamais ne me tourmenter,
Par menace ou par baſtonnades,
Quand ie viens de mes promenades,
Car ie ne puis les ſupporter.
Ainſi puiſſent pres de ta foſſe
Abboyer les Maſtins d'Eſcoſſe
Qui ſont dans l'Vniuerſitè,
Sans rompre deſormais la teſte
Par leur abboyante tempeſte
Dans la ville ou dans la cité.
Ainſi puiſſent ſur ceſte terre
Iapper les Dogues d'Angleterre,
Accompagnez des chiens d'Artois,
Pleurants ſans ceſſe & ſans meſure
Sur le bord de ta ſepulture
La mort d'vn petit Chien François.

F I N.

# REGRETS DV PICARD,
## sur la mort de Lycophagos.

PLeurez largement à ce coup
La mort du petit Mange-loup
Broches, chenets & lesche-frites;
Car de reuoir Lycophagos
Tourner le rost pres des fagôs
Les esperances en sont frittes.
Par vn detestable moyen
La rouë pert son citoyen,
Le College son Commissaire;
Mon maistre pert son precurseur,
La cuisine son rotisseur,
Et Courtault son Conculinaire.
Tant de malheurs en vn monceau
Me font detester le morceau
Qui mist Mange-loup hors du monde:
Et pour la douleur que ie sens
En chasque endroit de mes cinq sens,
Peu s'en faut qu'en pleurs ie ne fonde.
Si que redoublant mes ennuits
Tous les iours & toutes les nuiéts,
Ie vay martelant ma poiétrine,
Et prie pour luy Lucifer
Que s'il doit seruir en Enfer,
Il ne serue qu'à Proserpine.

www.ingramcontent.com/pod-product-compliance
Lightning Source LLC
LaVergne TN
LVHW010240030726
842520LV00007B/2666